AF298958

118   43501743

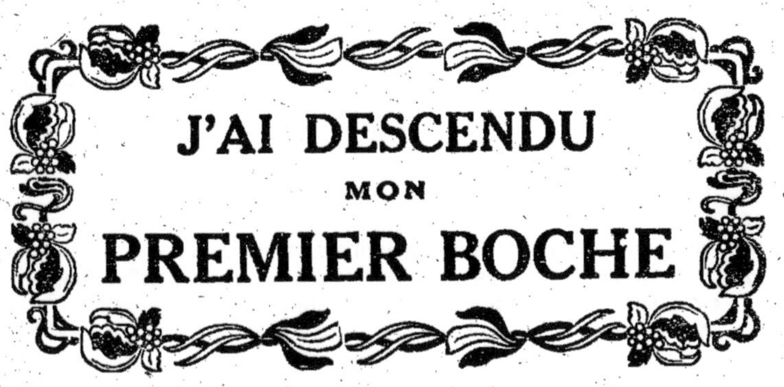

J'AI DESCENDU
MON
PREMIER BOCHE

Comment meurent les héros

FERRAND et moi, nous étions amis comme Achille et Patrocle. Aussi est-ce avec un cœur rempli d'angoisse que je pénétrai dans l'ambulance où l'on venait de transporter mon malheureux ami, après son accident.

Dans quel état allais-je le revoir?

Le retrouverais-je seulement vivant?

En venant me prévenir, le messager n'avait pu me donner que de très vagues renseignements :

« Au retour d'une patrouille, Ferrand s'était enfoncé dans les nuages pour éviter de son mieux les tirs de barrage intensément déclenchés par les D. C. A. ennemies. Au sortir des nuages, quatre fokkers se trouvaient devant son nez, si l'on peut dire. Combat. Un fokker descendu; mais deux balles dans son réservoir à essence, trois cordes à piano coupées; l'observateur tué raide sur son siège et, pour comble de malechance, tandis qu'il croyait pouvoir enfin échapper à ses adversaires, une belle panne de moteur l'obligeait à descendre en vol plané. C'était au-dessus de nos lignes. Mais l'atterrissage fut malheureux. Ferrand se « retourna les pinceaux » dans un trou d'obus... »

C'est tout ce que je savais et, dame, un capotage dans un trou d'obus... à proximité des lignes ennemies...

Je fus reçu par une infirmière major à l'entrée de la salle; une femme aux cheveux blancs, sur la poitrine de qui brillaient la croix de guerre avec trois palmes et la légion d'honneur.

Copyright by F. Rouff, Edit,. 1919. — Tous droits de traduction, de reproduction et d'adaptation réservés pour tous pays.

DY MAG   8° Z 718 BnF
(118) L&A

— Est-il gravement blessé? lui demandai-je tout d'abord, après m'être présenté.

— Vous êtes un homme et il n'y a pas à vous leurrer, me répondit-elle.

« Colonne vertébrale brisée en deux endroits.

« Votre ami est perdu.

— Ah! le malheureux...

« Pourra-t-il me parler?

— Sans doute, car il a toute sa connaissance. Et, chose assez singulière — quoique fréquente en pareil cas, — il ne souffre pas. Le corps est insensible, comme sans vie. Sa tête seule reste saine.

Parmi les geignements et les râles des autres blessés, nous étions arrivés, en parlant à voix basse, à l'extrémité de la salle où se trouvait le lit dans lequel allait mourir mon meilleur ami.

Je m'approchai sur la pointe des pieds, saisi soudain d'une sorte de respect, comme si je m'étais trouvé dans un lieu saint.

Ferrand ouvrit les yeux.

— Toi! fit-il d'une voix très basse, presque éteinte.

— Oui mon cher ami, moi. Tu m'as demandé. Me voici.

— Je savais bien que tu te débrouillerais pour venir. Merci...

Discrètement, à pas feutrés, l'infirmière-major s'éloigna en disant :

— Je reviendrai dans un instant.

J'appréciai tout de suite la délicatesse de cette noble femme, la comtesse de V... qui avait sacrifié une grosse partie de sa fortune pour fonder cette ambulance du front et qui était prête certainement à sacrifier aussi sa vie s'il le fallait à soigner et à sauver les blessés.

— Merci... mon vieux, répéta Ferrand.

Je m'étais assis sur un tabouret, à la tête de son lit pour être plus près de sa bouche et pour mieux entendre sa voix faible.

— Tu n'as pas à me remercier, ami... c'est tout naturel... Et je te suis tout dévoué, tu le sais...

— Oui, depuis le jour où nous avons failli mourir ensemble.

— Accident heureux, puisqu'il a fait de nous les deux amis que nous sommes.

— Tu pourrais presque dire : que nous avons été.

— Pourquoi cela? répliquai-je d'un ton où se trahissait malgré moi un émotion profonde.

— Parce que je suis perdu.

Avec Ferrand, il n'y avait pas à user de ces naïfs et louables subterfuges qui nous font dire à un moribond que le beau temps le remettra tout à fait sur pied, ou bien qu'il se fait illusion sur son état, que son mal n'est rien ou presque rien et qu'il n'a pas à se frapper, mais là, pas du tout... Ferrand était une âme brave, « un dur », un sans-peur, je le savais.

Aussi à son affirmation : « Je suis perdu » répondis-je tout naturellement et tout simplement.

— Qu'en sais-tu?

— Parce qu'une double fracture de la colonne vertébrale ne peut aboutir qu'à la mort plus ou moins rapide, à moins que ce soit à l'impuissance totale et... perpétuelle...

« Or, ça, tu sais...

Comme je ne trouvais aucune objection à ce raisonnement aussi lumineux que logique, me demandant toutefois comment Ferrand pouvait connaître aussi bien la gravité de sa blessure, les majors n'ayant pas pour habitude d'exposer au blessé leur diagnostic, mon ami reprit :

— Tu me comprends, n'est-ce pas?

Je ne sais pas s'il m'eût été possible à ce moment de prononcer le seul mot de « oui » tant l'émotion me serrait à la gorge. Je me bornai à courber la tête et à fixer le plancher de la chambre.

— Oh... tu sais... mon brave d'Orcines, la mort ne m'effraie pas... pas du tout. Je n'avais plus de parents, plus un seul être cher au monde, depuis la mort de ma fiancée et de mes deux autres amis, le lieutenant aviateur Tsiou, un Chinois, — tu le connaissais — et le lieutenant d'infanterie Xavières, le plus pur des héros.

« Il y a toi... oui toi que je vais quitter, mais toi, d'Orcines, je t'ai toujours considéré comme un haut philosophe égal à la vie, égal au malheur, égal à la mort. Alors... je sais bien que tu me regretteras... mais je sais aussi que tu te diras : « Ferrand est mort en servant son pays et la liberté. Il n'y a pas à le plaindre... »

Je craignais que cette conversation, ou plutôt ce long monologue ne fatiguât considérablement mon pauvre ami, et je l'interrompis...

— Tu parles trop et trop vite..., tu auras de la fièvre.

— Trop vite? dis-tu... C'est que je suis pressé... aurai-je même le temps de tout dire...

« D'ailleurs, je n'ai pas la moindre fièvre.

Et, comme je semblais mettre en doute son affirmation, il remarqua :

— Est-ce que je t'ai demandé à boire?

— Non.

— Alors?...

« Je t'ai prié de venir, pour te dire adieu et aussi pour te prier de faire pour moi une commission dont je m'étais chargé et dont je n'ai pu m'acquitter.

« Voici un papier que le lieutenant Xavières m'a supplié avant de mourir — il y a 8 jours déjà! — de remettre à sa mère.

« Le papier n'est pas fermé et l'adresse est écrite au crayon...

« Ce papier se trouve dans la poche droite de ma vareuse... là... tiens sur la chaise...

Obéissant à la suggestion de Ferrand je me levai pour fouiller dans sa poche. J'en sortis une feuille de papier écolier.

— Oui... c'est cela...

« Alors je peux compter sur toi... tu feras la commission? »

— En douterais-tu?..

— Maintenant... mon argent... là... dans l'autre poche... tu l'emploieras comme tu voudras...

« Oui... oui... compris... Tu l'enverras de ma part à quelque œuvre de guerre... Croix-Rouge si tu veux...

« Et puis, ce petit carnet est pour toi... Ce sera un souvenir... le seul que je puisse te laisser, mon brave d'Orcines... J'y ai noté brièvement mon histoire d'aviateur jusqu'au jour où j'ai descendu mon premier Boche...

« Ah! ce fut vraiment une des plus belles heures de mon existence... »

Mais notre conversation, ou plus exactement le monologue de Ferrand, fut interrompu par l'arrivée du médecin-chef, suivi de deux autres chirurgiens et de l'infirmière-major.

Ils avaient décidé de tenter une opération immédiate pour tâcher de sauver mon ami. Je dus me retirer.

Le lendemain matin, lorsqu'après une nuit d'insomnie, je me présentai à l'ambulance pour avoir des nouvelles de Ferrand, Mme V... m'attendait à la porte. Je compris à son attitude et à sa physionomie attristée que mon pauvre ami n'était plus. Elle ne me dit pas un mot; sa main se tendait vers la mienne. Je pressai les doigts fins mais déjà ridés qui tremblaient un peu, et nous élevâmes nos cœurs depuis le fond des mêmes douleurs jusqu'au sommet des mêmes espérances.

Voici les beaux vers qu'avait écrits Xavières sur la feuille de papier que Ferrand m'avait chargé, en mourant, de faire parvenir à la mère de celui-ci :

Mère, quand vous lirez ces mots, je serai mort;
Et contemplant alors ma jeunesse essaimée,
Bien que vous adorant, j'aurai ce seul remords
De ne pas vous avoir encore assez aimée.
Vous m'avez tout donné : j'ai bu dans votre lait
Le besoin de s'aimer et la force de vivre;
Et pour comprendre Dieu, quand mon cœur l'épelait,
C'est le ciel de vos yeux qui m'a servi de livre.
Auprès de mon berceau, vous avez tant veillé,
Abat-jour de douceur sur ma chétive flamme,
Que toujours vous dressant devant mon oreiller
Vous empêchiez la mort de souffler sur cette âme.
J'ai grandi. Dans vos bras, chaque jour plus petits
Chaque jour j'ai trouvé votre amour plus immense;
Mes instants de bonheur y sont restés blottis
Et mon chagrin s'arrête où votre ombre commence.
Sans l'avoir mérité, de vous j'ai tout reçu,
Et l'air que je respire et le pain que je mange :
Vous semblez cependant ne l'avoir jamais su.
Qu'avez-vous eu de moi, pauvre mère, en échange?

Aujourd'hui je suis homme et l'instant a sonné
D'acquitter envers vous ma dette affectueuse,
Car c'est un peu du sang que vous m'avez donné
Que ce soir je vais rendre à la grande Tueuse.
Je suis blessé très gravement. Je souffre peu...
Je n'aurais jamais cru que la mort fût si douce.
Mon corps s'est allégé : je monte dans du bleu;
On dirait qu'une main invisible me pousse.
Priez pour votre enfant, mais ne le pleurez pas
Car mon âme en fuyant de son moule éphémère
Ira sur des chemins qu'on ignore ici-bas,
Où ne se quittent plus le bon fils et sa mère.
Mon sang s'épuise... Encore un mot. Je meurs chrétien;
Je veux, pour que là-haut la Vierge me sourie,
Lui porter sur mon cœur ton image chérie,
Et son geste d'amour voudra répondre au tien...
Adieu, maman!... Ne pleure pas!... Pour la Patrie!

Quant au petit carnet que mon ami me laissait, à moi, comme souvenir, et dont, depuis lors, je ne me sépare jamais, il contient le récit qu'on va lire.

I

Mon premier looping

A mon arrivée à l'école d'aviation de Pau, où je venais m'entraîner à l'acrobatie aérienne après avoir décroché facilement mon brevet de pilote à Avor, je fus reçu de la façon suivante, par le lieutenant Picard qui commandait la division à laquelle le sort m'affectait.

— Alors, c'est vous le lynx?

— . . . .

— Parfait... Votre réputation vous précède...

« Un de vos anciens chefs m'a écrit et il me parle longuement de vous.

— J'aime à espérer que c'est dans les meilleurs termes?

— En effet... Vous êtes excellemment noté, maréchal des logis.

« Et, si vraiment vous possédez les qualités particulières que l'on se plaît à m'énumérer, vous deviendrez, en peu de temps un as pas ordinaire. »

Bien que la modestie n'ait jamais été considérée par moi comme la reine des vertus, attendu que ce qui est ne saurait pas ne pas être et que la vérité prime tout, je me crus obligé de répondre à mon nouveau chef en affectant un air... un air idiot, sans doute :

— Ma foi, mon lieutenant, il ne m'appartient ni de confirmer, ni d'infirmer le jugement de mes supérieurs... Je crois toutefois que leur bienveillance se manifeste une fois de plus à mon égard.

« Je me suis efforcé, le plus souvent d'exécuter leurs ordres de mon mieux et de faire mon devoir.

— C'est bien, garçon... Nous verrons ça d'ailleurs, et bientôt même.

« Le premier looping d'un aviateur est un baromètre du sang-froid comme je n'en sais pas de plus juste.

« Êtes-vous froussard?

— Je ne m'en suis jamais aperçu.

— Votre réponse me plait.

« Avec cela, durant les vols de nuit, vous ferez merveille s'il est vrai que vous voyiez clair dans le noir comme les chats.

— Oui, ma vue est excellente.

— Perçante et sûre et lointaine, me dit aussi le capitaine Favier, votre ancien chef.

— Il paraît.

— De mieux en mieux.

Tout cela doit être vrai et nous commencerons à en juger dès demain. Quoi qu'il en soit, l'impression première est on ne peut meilleure et j'espère que vous serez aussi content de moi que je serai content de vous. Voilà mon garçon.

« Vous êtes libre. Au revoir.

Et tandis que je me préparais à faire au lieutenant Picard, un salut réglementaire avant de prendre congé, il me tendit cordialement la main.

Mon salut militaire en fut tout interdit et je saisis la main qui m'était tendue, en disant :

— Au revoir, mon lieutenant.

Un sous-lieutenant arrivait à la rencontre du lieutenant Picard chef de la division d'acrobatie. Je vis que c'était un officier de couleur. Annamite, Chinois, Japonais? du premier coup d'œil — même avec mon œil perçant, — je ne pus préciser.

Mais un camarade, l'adjudant René qui s'était mis à ma disposition depuis mon arrivée à l'école le matin même, me renseigna aussitôt.

— Le sous-lieutenant Tsiou (1) est un Chinois qui sert dans l'armée française depuis la guerre. Fils d'un riche mandarin de Hong-Kong, il a fait une partie de ses études en France et, en août 1914, il n'était rentré dans son pays que depuis quelques mois.

« A peine le territoire de Kiao Tchéou fut-il tombé aux mains des Japonais, que Tsiou s'embarqua pour la France.

« Il servit d'abord dans la légion avant de passer dans l'aviation et c'est à la Légion qu'il gagna ses galons et sa croix.

____
(1) Le sous-lieutenant aviateur chinois Tsiou a été tué en combat aérien au mois de juin 1918.

Je sentis mon cœur se serrer brusquement (p. 10).

« Pilote de classe moyenne, mais doué du plus extraordinaire sang-froid que je connaisse.

— Parbleu ! observai-je, rien d'étonnant à cela ; les Asiatiques n'ont pas de nerfs.

— Ouais ! fit l'adjudant. Vous croyez ça, vous ?

L'adjudant René, qui exerçait dans le monde la profession de mécano, ne s'embarrassait pas d'explications oiseuses.

Sans doute avait-il des raisons précises pour parler comme il le faisait des réflexes nerveux et du sang-froid des Asiatiques.

En tout cas je ne jugeai pas à propos d'entamer une controverse sur ce sujet, après tout trop spéculatif. De beaucoup je préférais utiliser l'obligeance de mon camarade René pour être renseigné sur les êtres et les choses, les us et coutumes de l'Ecole de Pau où je n'avais pas l'intention de moisir. Mon unique désir, ma seule ambition en effet se traduisait par la volonté d'aller au plus vite « chasser le Boche » et « d'en descendre le plus possible ».

— Le lieutenant Picard, remarquai-je alors, pour ramener la conversation dans le sens qui m'intéressait, m'a fait une impression excellente. Cet officier doit être un chef d'élite.

— Oui. Le lieutenant Picard, un cavalier...

— Ça me flatte...

— Ah c'est vrai, vous sortez de la cavalerie, vous aussi ?

— Des chasseurs.

— Belle arme...

« Le lieutenant Picard lui, sort des dragons. C'est un type. Et un as. L'as des as des moniteurs. Ses méthodes d'enseignement donnent des résultats stupéfiants. Ah ! par exemple, avec lui, pas de « rousse ». Il faut filer droit, mais surtout travailler. Dur pour lui-même il est dur aussi avec ses inférieurs, et juste comme l'or.

« Oh ! vous ne serez pas mal ici.

Ce fut en me remémorant cette phrase encourageante de l'adjudant René que je m'endormis dans le baraquement où je devais partager une chambre avec un autre sous-officier pilote.

J'étais harassé par la fatigue des trajets interminables que je venais d'accomplir en chemin de fer et je tenais à ne pas me faire tirer l'oreille pour être debout dès le lendemain à la pointe du jour.

Ma nuit s'écoula sans rêve.

Je dormis pendant huit heures comme un plomb. Si bien qu'au réveil, le camarade qui couchait dans la même chambre que moi remarqua :

— Eh bien, mon cher, vous pouvez vous vanter d'avoir la conscience tranquille, vous !

« L'orage fantastique de cette nuit ne vous a même pas réveillé, et cependant le tonnerre s'est livré durant une heure, à un bombardement auprès duquel les plus violentes préparations d'artillerie avant une attaque, ne sont que jeux de... mortels.

« Dormez-vous toujours ainsi ?

— Toujours.

— Mes compliments. Je voudrais être comme vous.

Le sergent Mikaël — tel était le nom de mon camarade, — m'avoua en effet que depuis le terrible accident dont il avait été victime quatre mois auparavant, à la R. G. A. — une chute de 200 mètres en vrille — l'ébranlement nerveux qu'il avait subi, ne se manifestait chez lui que par un manque à peu près total de sommeil.

Et, il ne l'avouait pas à ses chefs dans la crainte d'être radié du personnel naviguant.

Radié du personnel naviguant !

Il faut être ou avoir été aviateur pour savoir ce que cela veut dire.

Ce n'est pourtant généralement pas déshonorant; bien plutôt malheureux. Mais il n'est pas un pilote, pas un bombardier, un mitrailleur qui ne redoute d'être frappé de cette déchéance, de cette tare imaginaire.

Cinq heures sonnaient à l'horloge du camp et presque aussitôt le clairon de service lançait dans l'air frais du matin les notes claires du réveil :

Soldat lève-toi
Soldat lève-toi
Soldat lève toi bien vite...

L'écho n'avait pas encore achevé de répéter les finales de la sonnerie que j'étais dehors.

Le vent printanier qui s'était rafraîchi en passant au-dessus des sommets pyrénéens apportait avec lui des senteurs sylvestres, mes narines les aspiraient avidement. Je me sentais heureux de vivre, heureux et fort et prêt à combattre et à vaincre. La pensée de la mort possible ne m'effleurait même pas.

La mort? Mais je l'aurais plutôt effrayée !

Une demi-heure après je répondais à l'appel des pilotes-élèves de ma division.

Le lieutenant Picard me fit un signe.

— Nous allons essayer l'air ensemble, voulez-vous?

— A vos ordres.

— Premier tour, je piloterai.

« Deuxième tour, vous prendrez ma place, ça vous va?

— Quel appareil?

— Un Spad, biplace naturellement.

« Venez.

— Oui, mon lieutenant.

Sans ajouter un mot, le lieutenant Picard m'emmena avec lui dans le hangar n° 4...

Ah! je vis bien que ce chef était un chef.

Tout marchait à son commandement avec une rapidité et une

ponctualité admirables. Pilotes, mécanos, hommes de corvée apparaissaient dressés, entraînés, dociles et souples et tout ce monde travaillait avec une célérité et une adresse de prestidigitateur.

Quatre minutes plus tard, le Spad du chef de pilotage était en piste.

Trois minutes après nous nous tenions, chacun à notre place, dans la carlingue et l'hélice lancée ronflait joyeusement en fouettant l'air à tours de pales.

Les cales enlevées, le lieutenant Picard manœuvra les commandes; le Spad s'élança sur la piste, décolla presque aussitôt et grimpa, en une « chandelle » vertigineuse, à l'escalade du ciel.

— Fichtre! me dis-je en me cramponnant des deux mains au rebord de la carlingue... on ne m'avait pas menti : le chef du pilotage de ma division est un as!

A 1.500 mètres, l'avion, sous la direction de son maître, reprit l'horizontale.

— Eh bien? questionna mon chef en se retournant, ça va ?

— Mais oui, mon lieutenant, ça va, répondis-je. « Ça gaze » même très bien.

— Alors attention, fit-il, ficelez-vous...

Je me harnachai dans les sangles, idoines à rassurer les novices lors de leur premier looping.

— Ça y est?

— Oui, répondis-je.

Le pilote ramena le manche à balai jusqu'à sa poitrine, actionna les commandes et, dans l'espace d'un éclair, avant que j'eusse même le temps « de rassembler mes esprits », ainsi que disait ma grand'-mère, le Spad avait « bouclé la boucle ».

Nous descendîmes en chute d'au moins cent mètres, en piquant, et cela avec une telle rapidité que je sentis mon cœur se serrer brusquement et que je balbutiai entre mes dents, ces deux mots :

— Nous tombons!

A peine les avais-je prononcés que l'avion redressé, poursuivait horizontalement dans l'azur sa course insouciante, joyeuse et libre, tandis que le moteur et l'hélice chantaient à deux voix leur chanson monotone et grave.

— Eh bien?... fit le pilote sans se retourner, mais en criant pour dominer le chant de l'avion.

Je m'avançai pour me pencher contre son oreille et lui dire :

— Je ne me suis pas bien rendu compte du mouvement exécuté.

— Ah! Ah! Ah! fit-il en riant. Vous y prenez goût... Gourmand que vous êtes... Allons, on va recommencer.

Deux fois de suite, avec la même maîtrise et la même rapidité, le lieutenant Picard me fit boucler la boucle.

— Voilà!... Ce n'est pas plus difficile que ça! conclut-il en riant, une fois au sol et avant que le moteur fut arrêté et que les mécanos accourus à la rencontre de l'appareil ne nous eussent atteints.

— Voilà!... ce n'est pas plus difficile que ça!... (p. 10.)

J'enlevai mon casque de cuir pour être plus à mon aise et je répondis :

— Si ce n'est pas difficile, j'arriverai bien à exécuter ce mouvement.

— Je n'en doute pas. Cet après-midi, à la conférence journalière, j'expliquerai la théorie du looping. Dans quelques jours vous pourrez essayer.

« En attendant, l'adjudant Prévost, notre meilleur moniteur, vous fera exécuter ce soir quelques virages sur l'aile, retournements et redressements.

« En tout cas, vous vous êtes bien tenu et cela m'est agréable à constater.

Nous remontâmes dix minutes après dans la carlingue. A mon tour, je pris le volant et, pendant une demi-heure je pilotai le Spad du lieutenant Picard en lui faisant exécuter quelques-uns de mes exercices favoris.

Revenu à terre, mon chef était tout à fait content de moi.

— Vous n'êtes pas de ceux, m'avoua-t-il, que l'on est obligé de renvoyer à l'école d'où ils viennent, pour les dresser à d'autres services et, je crois que vous avez l'étoffe dont on fait les bons pilotes de chasse.

Le sergent Mikaël s'intéressait beaucoup à mes débuts.

— N'avez-vous pas eu peur? me demanda-t-il, tandis que nous arrivions ensemble à la porte du mess.

— Nullement.

— La première fois pourtant?...

L'adjudant René s'était rapproché.

— Vous verrez... vous verrez... Ici on passe par tous les degrés de l'émotion et les cœurs les mieux trempés fléchissent parfois.

« D'ailleurs, vous savez, pas le temps de s'amuser. Entraînement intensif; production forcée. Le front demande, demande, demande des pilotes de chasse.

— Oui, observa Mikaël, non sans une certaine mélancolie, le front fait une grande consommation d'aviateurs.

— Allons, allons, observai-je en souriant, ne nous frappons pas.

« Le front ne fait-il pas aussi, et surtout, une grande consommation de fantassins, d'artilleurs et de cavaliers?

« Ne nous plaignons pas. Nous avons la part belle; un joli rôle, et la gloire en perspective.

— Sur ce, fit René en s'asseyant à table et en s'adressant au vieux poilu chargé du service, tu me donneras un bifteack aux pommes soigné, n'est-ce pas, c'est-à-dire à peu près brûlé.

« Recommande-moi au cuistot, hein?

— Bien m'n'adjudant.

— Et une bordeaux supplément, en l'honneur de mon premier looping, commandai-je.

—————— ✱ ——————

II

Après trois semaines d'entraînement acrobatique

ATTERRISSAGES de nuit avec les éclairages les plus divers, descentes en vol plané, descentes volontaires en vrille, loopings simples et doubles, virages en V, retournements sur l'aile, vols à ras des obstacles et à ras du sol, atterrissage et départ sans arrêt, tels furent les exercices auxquels je dus me livrer quotidiennement avec une intensité que représente assez exactement la totalisation de mes heures de vol en 51 jours de présence à l'Ecole de Pau.

Je totalisai durant ces 51 jours 263 heures, dont près de 65 heures de vols de nuit.

Ma résistance physique, mon sang-froid, l'excellence de mes réflexes et une acuité visuelle supérieure — toutes qualités naturelles dont je n'avais d'ailleurs pas à tirer le moindre motif d'orgueil — contribuèrent à me préserver de tout accident sérieux.

Deux petites bûches seulement; deux petites bûches de rien du tout.

La première se caractérisa par le « fauchage » complet du train d'atterrissage de mon appareil et quelques écorchures sans aucune gravité. Ces écorchures me donnaient l'air de m'être battu avec mon chat ou d'avoir bu exagérément, au point de ne plus voir les obstacles.

Mon second accident : un « pylône » très réussi.

Je fus « vidé » de la carlingue et projeté à trois ou quatre mètres de là, sur un moelleux tapis d'herbes que ma chance avait certainement fait pousser exprès à cet endroit.

Cela se passait à environ deux kilomètres des hangars et, lorsque mes camarades de l'école, pilotes, mécanos et « rampants » arrivèrent tout essoufflés de la course folle à laquelle leur bonté les avait fait se livrer pour voler à mon secours, ou pour « me ramasser avec une petite cuillère », j'étais debout, en train de me frotter l'occiput.

— Ben, mon pote!... souffla un petit mécano, on ne croyait pas te retrouver tout entier.

— Une autre fois, répliquai-je goguenard, je tâcherai de ne pas vous faire « cavaler » inutilement.

— C'est bon, c'est bon, grogna Mikaël en essuyant sa face en sueur, ne fais pas « le mariolle ».

« Il ne faut jamais plaisanter avec la mort; il y en a de plus malins que toi qui se laissent « poisser » par elle, chaque jour.

— Sacré Mikaël, va!... On finirait par « avoir les foies » si on

« Eh! je le sais bien, fichtre! que nous sommes à peu près tous mortels...

— A peu près tous!... s'exclamèrent ensemble plusieurs voix.

— Que tu dis! vociféra le petit sergent mécano de ma division.

— Oui, à peu près... puisque les membres de l'Académie française sont immortels!

— Crâneur! observa un de mes camarades.

C'était sévère. Mais je reconnais aujourd'hui combien c'était juste.

Mon appareil fut ramené au hangar après avoir été démonté sur le lieu même de l'accident. Les plans détachés prirent place sur une remorque. L'hélice réduite en morceaux, le radiateur faussé, l'avant du train d'atterrissage « fusillé »; le moteur seul n'avait pas trop souffert et les appareils de bord n'étaient que détraqués.

Bien que les accidents de ce genre soient fréquents dans une école d'aviation importante et se comptent journellement par douzaines, le lieutenant Picard et le commandant « me passèrent à la toise ». Mon chef de division, en particulier, me traita avec une dureté où l'on sentait percer toute sa désillusion à mon sujet.

— Quand on « ne se sent plus », on demande à passer « dans les services », conclut-il; on ne continue pas à encombrer la cinquième arme d'une présence trop onéreuse à l'Etat.

Si durs que fussent les reproches de ce bourru, qui tenait en somme beaucoup à moi, je n'eus pas le courage de lui en vouloir. Je comprenais que « noblesse oblige » et que d'avoir trop compté sur moi, cela le décevait trop brutalement!

Y songe-t-on! deux accidents stupides presque coup sur coup, comme si j'étais la plus quelconque des « nouilles » ou « le plus empoissardé des poissards ».

Le lendemain le lieutenant Picard n'y pensait plus ou plutôt il y pensait autrement car, après sept ou huit doubles boucles parfaitement réussies, cinq ou six retournements et autres acrobaties aériennes, il me reçut ainsi :

— A la bonne heure!... aujourd'hui ça va.

« Hier ce n'était pas vous, c'était un autre... Vous vous êtes retrouvé. Tant mieux. Je préfère ça et je vous rends ma confiance.

— Merci mon lieutenant. Je la mériterai.

— Eh! je le sais bien, mousquetaire!

Quand le chef de pilotage appelait un pilote *mousquetaire*, celui-ci pouvait se rengorger.

On ne savait pas trop pourquoi il l'appelait ainsi. Mais cela voulait dire : « Celui-là est un fameux! »

Le sous-lieutenant Tsiou avec qui depuis quelques jours je sympathisais beaucoup, d'une sympathie dictée sans doute par la curiosité innée en moi de l'inconnu, de l'étrange, de l'exceptionnel ou du différent, mérita lui aussi, deux jours plus tard le surnom de mousquetaire.

Volontairement Tsiou était parvenu à atterrir trois fois de suite sur une route publique mais déserte, jalonnée d'arbres et de fils télégraphiques, et à repartir sans s'être arrêté.

— Ce mousquetaire là « s'est posé comme une fleur » et est reparti tel un « zoiseau » disait le chef du pilotage.

« C'est plus fin que du travail d'acrobate, c'est du travail de jongleur.

Deux semaines après, le sous-lieutenant Tslou et moi, nous quittions ensemble l'Ecole de Pau avec d'excellentes notes, les compliments flatteurs du lieutenant Picard et du commandant de l'Ecole, et nous partions pour rejoindre au front, l'une des plus célèbres de nos escadrilles de chasse, à laquelle on nous faisait l'honneur de nous affecter.

C'était une vraie grande joie pour moi.

III

Mon premier combat aérien

CELUI qui ne connaît pas la griserie de la vitesse, et surtout la griserie de la vitesse en plein ciel, ne saurait se faire une idée de ce que cette sorte d'ivresse peut s'accroître encore par l'attrait — oui l'attrait! — du danger lorsque, tel l'aigle ou l'épervier, l'aviateur est en chasse dans l'azur.

Alors toutes ses facultés donnent leur maximum de rendement. Il n'est plus un homme; il est mieux et davantage, il est l'intelligence, la force et l'adresse alliées et surpassant la nature.

Pour peu qu'à ces qualités originelles, l'homme volant joigne encore la décision, le sang-froid et le courage, le voilà susceptible de devenir l'un des maîtres du ciel.

Je n'ai que faire de me remémorer, pour les relater dans ces feuillets, tous les incidents, pourtant généralement dramatiques de mes premiers vols à proximité des lignes ennemies.

Bien que j'eusse voulu pouvoir agir isolément, sans tenir compte des risques plus considérables et des moindres chances de succès, je ne devais sortir qu'en escadrille; c'est dire que je fus bien encadré.

Parmi mes camarades, la plupart avaient connu déjà les honneurs du communiqué officiel et le ruban de leur croix de guerre disparaissait sous les palmes.

Auprès d'eux je ne me sentais qu'un apprenti et partout où nous nous trouvions ensemble et où ils parlaient, moi qui pourtant suis né havard, je les écoutais sans oser ouvrir le bec.

Non, jamais on ne connaîtra la somme d'exploits extraordinaires accomplis par chacun de ces hommes et dont les plus beaux peut-être sont et resteront éternellement ignorés.

Presque chacune de leurs sorties est émouvante comme un roman merveilleux et extraordinairement bref; comme un roman si prodigieux qu'il ne peut se raconter ni s'écrire, puisqu'il dépasse la capacité d'émotivité humaine.

Dans cette escadrille à laquelle avaient appartenu les as les plus illustres de l'aviation française, j'étais le plus jeune et le plus obscur, et malgré cela, les autres pilotes de tout grade et de toute gloire, m'avaient accueilli en camarade et continuaient à me traiter comme tel.

C'était à qui me donnerait les meilleurs conseils ou m'enseignerait la théorie la plus efficace. Chacun voulait m'apprendre ses trucs, m'expliquer sa méthode. Car, si tous obéissaient au commandement unique du chef de groupe ou du chef d'escadrille, chacun de ces as possédait une méthode personnelle et employait une tactique particulière dans le combat aérien.

Parmi cette douzaine de jeunes hommes énergiques, audacieux, voire même téméraires, aspirant la vie à pleines lèvres, à plein cœur et narguant la mort chaque jour ou même à chaque heure du jour et de la nuit, pas un ne m'était apparu indifférent ou antipathique.

L'escadrille comptait, en dehors de son chef, capitaine Bravard, quatre lieutenants, trois sous-lieutenants, deux adjudants et moi, seul maréchal des logis.

Le capitaine Bravard portait fièrement un nom dont il était plus que digne.

Le lieutenant Michelot n'avait pas vingt ans, mais il arborait la légion d'honneur depuis sept mois déjà. Le lieutenant Josse, 24 ans, marié, père de deux enfants, ne voulait pas, disait-il, que ses mignons, une fois devenus grands, pussent redouter les horreurs d'une autre guerre.

— La guerre doit tuer la guerre, ajoutait-il. Et pour arriver a ce résultat il faut sacrifier beaucoup de peaux comme la mienne. Ce ne sera pas payé trop cher.

Le lieutenant de Mazoges était doux et souriant à l'égal d'une petite fille bien sage.

Marcel Tupin, sorti des zouaves avec le grade de caporal, pour passer dans l'aviation, avait conquis ses deux « ficelles » neuf palmes, la médaille militaire et le ruban rouge à coups d'actions aventureuses. Il représentait à l'escadrille le veinard, à qui tout réussit, même les entreprises les plus folles.

Les sous-lieutenants Lavirelle et Dupuis-Leconte formaient une paire d'inséparables, toujours du même avis, toujours d'humeur égale, tous les deux riches et semant l'argent sans compter.

Le sous-lieutenant Tsiou, le Chinois, était mon ami.

Enfin des deux adjudants, l'un m'intéressa tout particulièrement de prime abord. Un homme de 27 ans, d'allure herculéenne, avec une figure basanée, une moustache blonde tombante à la gauloise et des yeux bleus infiniment rêveurs.

Mécanos et rampants arrivent tout essoufflés (p. 13).

— Il vous déroute ? m'avait demandé Josse.

— Oui. C'est un type curieux.

— Ecoutez, j'énumère : Adjudant Vincent. Dans l'aviation depuis six mois seulement. Ouvrier forgeron dans le civil. Célibataire. Il habitait avant la guerre à Rethel, seul avec sa vieille maman. Or, il a su que sa vieille maman bien-aimée a été insultée, puis torturée et finalement tuée par les soldats du kaiser.

Alors, quand on lui parle des Boches, ou quand il voit un Boche, ce géant doux et simple entre littéralement en fureur. Nous sommes obligés de le contenir. On est même forcé de le surveiller quand il part en expédition avec nous.

Je suis certain que si on le lâchait seul, en lui laissant carte che, il attaquerait toute une escadrille ennemie, ou bien il s'aventurerait jusqu'au cœur de l'Allemagne, aussi loin que pourrait l'emporter son avion, pour « crever » des Boches, civils ou militaires, peu importe. Car, pour lui, tous les Allemands sans exception, sont des bandits, des criminels.

— Il n'a sans doute pas tort.

— L'adjudant Ratier, lui, vous représente le « guignard » de l'escadrille. Il ne compte encore que quatre Boches homologués, bien qu'il en ait descendu une bonne dizaine.

Naturellement, les douze pilotes de l'escadrille étaient doublés de douze observateurs-mitrailleurs également intéressants et pittoresques.

Mon observateur à moi, ce fut le lieutenant Chaillet, l'homme le plus froid, le plus muet que j'aie jamais rencontré. Mais aussi le meilleur cœur et l'esprit le plus juste.

Après ma huitième sortie d'essai, notre escadrille fut désignée pour effectuer une patrouille et je fus admis à l'honneur de partir avec elle.

C'était au petit matin.

J'allais avoir à déployer toute l'acuité de mes facultés. Je peux affirmer que je m'enlevai sans plus d'émotion ce jour-là que les jours précédents. Pourtant je n'ignorais aucun des dangers au-devant desquels nous nous élancions, sans compter les dangers du vol en lui-même. Tirs de barrage intensifs déclenchés par les Boches au passage de leurs lignes, autres barrages plus ou moins denses des D. C. A. de l'arrière-front; rencontre de forces aériennes ennemies peut-être supérieures ou même seulement égales... Combat. Un coup de malchance est bien vite advenu...

Baste ! qu'importe ?

Je ne pensais qu'à « bien débuter ».

Notre groupe planait à 1.500 mètres de hauteur environ, lorsque nous arrivâmes au-dessus des premières lignes ennemies. Nous avancions en formation régulière, suivant une disposition en fer de lance. Je formais l'aile droite.

Bientôt nous entrâmes dans le champ des éclatements et chacun des pilotes eut la latitude d'employer sa tactique particulière pour le franchir.

Autour de moi les boules de fumée se faisaient plus nombreuses, et je voyais danser devant mes yeux des points noirs qui tout de suite m'inquiétèrent, car je ne compris pas immédiatement ce que c'était, et je crus à un défaut insoupçonné de ma vue.

(Depuis, au contraire, je suis parvenu à voir des obus de gros calibre tendre leur trajectoire dans le ciel.)

Ces points noirs dansant devant mes yeux, n'étaient autres que les projectiles boches qui m'encadraient.

A peine m'en étais-je rendu compte que je piquai devant moi dans une descente vertigineuse de plus de quatre cents mètres.

Un coup d'œil sur mon badin : 1.100 mètres.

je redressai d'un coup et, par un brusque crochet très à droite, j'arrivai à sortir du barrage. Il est vrai que, deux minutes plus tard, d'autres batteries entraient en action contre moi. Mais cela faisait du temps passé et, en six minutes, mon merveilleux Spad franchissait les 15 ou 16 kilomètres. J'étais sorti de la première zone dangereuse. Derrière ma tête j'entendis soudain une voix qui criait :

— Pas mal !

Le lieutenant Charlet, mon observateur, daignait apprécier ainsi mon attitude au feu.

A présent il s'agissait de rejoindre les camarades pour reformer notre groupe en ordre de patrouille.

Je distinguai bientôt trois appareils à cocarde tricolore volant au-dessous de moi, à gauche, puis deux autres en arrière et au-dessus, puis trois encore en avant, sur la même horizontale que moi ; les autres, au bout de quelques secondes, apparurent à mes yeux, l'un qui volait très haut, un autre très bas, comme s'il eût été blessé et ne se soutînt que péniblement ; enfin le dernier nous rejoignit bientôt. Les lignes franchies, nous étions déjà à 10 ou 12 kilomètres de profondeur au delà des premières tranchées boches.

Je sus plus tard que l'avion volant si bas à un certain moment était celui de l'adjudant-pilote Ratier.

Deux éclatements dans l'aile gauche et un hauban sectionné ! L'observateur de Ratier, sous-lieutenant Juvan, véritable acrobate de cirque, souple et agile comme un singe, était sorti de la carlingue pour se glisser jusqu'au hauban coupé dont les deux morceaux flottaient au vent. Tant bien que mal il était parvenu à réparer avec un bout de canne en jonc et deux ficelles.

Ce qui me stupéfiait, c'était de voler depuis un quart d'heure déjà et cette fois à trois mille au-dessus des Boches, narguant leurs tirs de D. C. A., sans avoir vu apparaître un seul fokker ou le moindre pfalz — leur fameux avion-flèche, chasseur du dernier modèle.

Cependant mes yeux fouillaient avec acuité le ciel pur où le soleil commençait à lancer l'éblouissement de ses rayons.

Suivant la direction indiquée par notre commandant d'escadrille et modifiée à chaque instant, nous foncions tantôt à gauche, tantôt à droite, tantôt en avant, en bas, en haut, faisant des randonnées de 50 kilomètres. Rien, toujours rien. Pas un seul vilain oiseau à portée de la vue. Ou bien ils n'étaient pas encore réveillés, ou bien ils se trouvaient ailleurs, dans un autre secteur. Ailleurs, ils rencontraient vraisemblablement d'autres escadrilles françaises, anglaises ou américaines pour leur donner la chasse. J'étais tranquille à ce sujet.

Naturellement les observateurs ne perdaient pas leur temps pendant que nous volions ainsi, et certains d'entre eux, — je le sus plus tard — prirent ce jour-là des clichés de la plus haute importance pour le commandement des armées, et firent des observations et des repérages d'une très grande utilité.

Je désespérais déjà de ne pas voir seulement la queue d'un sale oiseau boche, lorsqu'enfin un point noir, presque imperceptible et qui semblait être suspendu et immobile dans l'espace, apparut à mes yeux.

« Ça... pensai-je, c'en est un ! »

Je ne me trompais pas.

Alors que je me demandais déjà de quelle espèce, éclaireur, photographe, chasseur, pouvait bien être ce solitaire, qui, lui, tenait les hautes sphères, puisqu'il volait bien à 1.500 mètres plus haut que nous, je vis bientôt deux des nôtres se détacher nettement de l'escadrille Bravard, obliquer dans la direction de l'arrivant et prendre de la hauteur. Sans doute allaient-ils lui souhaiter le bonjour.

Quant à moi, je n'avais qu'à exécuter les ordres reçus, c'est-à-dire à ne pas quitter ma place dans notre formation.

L'avion boche ne nous voyait peut-être pas, ou bien alors c'est qu'il ne nous craignait guère, car il ne déviait nullement de sa route et s'avançait résolument à notre rencontre.

A vrai dire, l'heure et le soleil le favorisaient. En effet, le soleil maintenant nous tapait en plein dans la figure et mes camarades en étaient un peu éblouis et aveuglés, tandis que le pilote du pfalz avait le soleil derrière lui et nous voyait sans être gêné.

Mais quoi... qu'était-ce ?

Un point, deux, trois, quatre, cinq, dix, quinze points soudain apparus loin derrière le premier, se mirent à danser dans l'éblouissement d'or du soleil.

Et je devinai tout de suite la tactique ennemie.

Le premier avion, c'était l'appât.

Tandis que toute la formation aérienne française ou alliée que les Boches pensaient rencontrer, se jetterait sur l'isolé, eux fondraient à leur tour sur leurs adversaires occupés et inattentifs.

Par là, le manque de psychologie des Boches et leur méconnaissance de notre caractère se décelaient parfaitement. Nous croyaient-ils donc capables de ne nous battre comme eux qu'à dix contre un ?

De l'avion du commandant Bravard partit le signal d'extrême attention. Nous foncions droit sur le groupe ennemi lointain.

Les deux camarades qui s'étaient un instant éloignés pour se porter au-devant du solitaire, reprenaient leur place dans notre formation, car, avant d'être à portée de combat, le pfalz avait exécuté un rapide demi-tour pour ne pas avoir à se mesurer avec eux, et aussi dans l'espoir de les entraîner derrière lui, en une poursuite folle, qui les eût conduits jusqu'au guêpier.

Les points noirs dansant à l'horizon devinrent rapidement de grosses bestioles aux ailes brillantes, couleur de rayons solaires et invisibles du sol à cette altitude.

Et puis je n'eus même pas le temps d'apprécier la distance qui

ments de moteurs, je percevais les « 〇an... tac tac tac tac » des mitrailleuses.

Je tournai la tête. Derrière moi, le lieutenant Chaillet était à son arme.

— J'ai l'œil ! fit-il.

Je choisis d'un seul regard l'adversaire dont j'espérais faire ma victime. Nous étions à peu près à la même altitude. Pour le dérouter, je piquai brusquement et passai au-dessous de lui, tel un boulet, tandis que résonnait à mon oreille le « ta ta tac » de la mitrailleuse manœuvrée par mon observateur.

Manqué !

Notre Boche à présent décrivait un grand cercle dans l'espace pour rejoindre ses camarades qui déjà s'enfuyaient à tire-moteur devant nous.

— Oh ! le... m'exclamai-je de dépit. Mais ma phrase s'arrêta net, car je voyais déjà deux des nôtres qui coupaient la route à mon adversaire.

Le capitaine Bravard et le lieutenant Tupin rasèrent le pfalz par dessous, en lui lâchant au passage une bordée de mitraille. Je vis un léger nuage de fumée s'élever du bord de l'ennemi.

Puis l'oiseau noir glissa sur l'aile droite d'abord, ensuite sur l'aile gauche, parut tomber, se redressa. Une épaisse fumée s'échappa de sa carcasse. Il rasa un champ, essaya encore de se relever, puis il tournoya deux fois sur lui-même et finit par s'écraser sur le sol.

Nous rentrâmes de cette patrouille sans avoir subi aucune perte.

Je savais ce que c'est qu'un combat aérien.

IV

Je l'ai descendu !

L E surlendemain de cette première bataille devait être le jour de ma première victoire.

J'avais toujours le lieutenant Chaillet comme observateur; nous étions partis en groupe cette fois — trois escadrilles au complet — pour aller chasser une importante formation ennemie de bombardement qui, la veille déjà, franchissant nos lignes, durant la bataille, était venue bombarder par surprise certaines de nos communications.

On nous avait signalé téléphoniquement l'approche de cette même formation, escortée d'avions de chasse.

En décollant, je m'étais mentalement promis de ne pas rentrer bredouille.

Nous n'avions pas tardé à nous trouver en présence de nos adversaires. Leur groupe de bombardement se composait de Gothas, d'L. V. G. et d'Aviatiks dont je n'ai jamais su le nombre exactement, car je n'eus pas le temps de les compter. Six avions de chasse les escortaient.

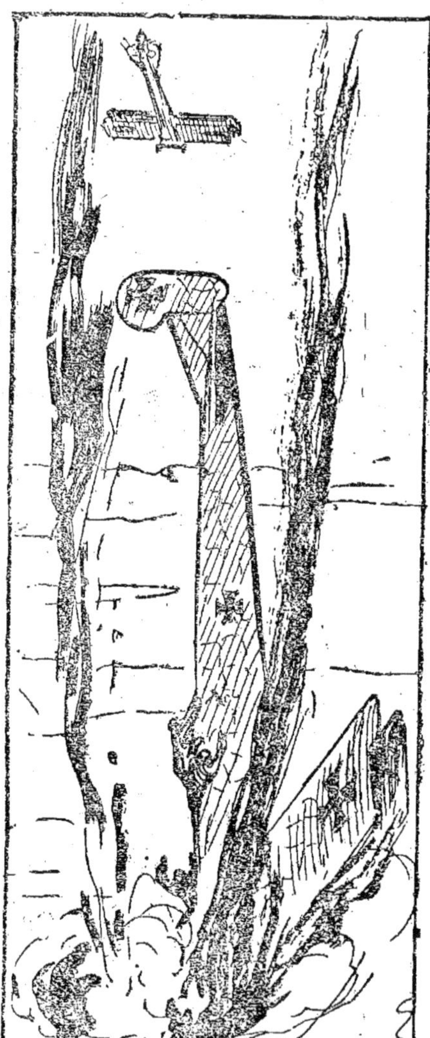

Le Boche ne fit pas de manières pour aller au sol (p. 22).

Nous fûmes presque instantanément les uns dans les autres, si je puis dire.

Les avions boches de bombardement apparaissaient formidables sous l'envergure énorme de leurs plans et leur aspect impressionnant.

Cela ne m'intimidait guère.

Fixer par écrit les diverses phases du combat, classer le souvenir des multiples images qui se déroulèrent à mes yeux avec une inexprimable rapidité et pour ainsi dire sans suite et sans lien, serait tout à fait impossible. Je ne l'essaierai pas.

Tout ce dont je me souviens avec précision, c'est que mon instinct me dicta, lorsque je me trouvai à proximité du Gotha que j'avais choisi pour être ma victime, de le survoler et d'exécuter au-dessus de sa tête un vertigineux looping qui me ramena bientôt par-dessous « son ventre ».

Chaillet, mitrailleur d'élite, ayant bien visé, put lâcher à l'instant propice une bande de cartouches presque entière dans les entrailles du gros avion.

Le Boche ne fit pas de manières pour aller au sol.

J'eus tout juste le temps, en me retournant, de le voir piquer du nez et d'apercevoir dans la carlingue de ce grand triplace, trois hommes, l'un debout cramponné un fuselage et les deux autres assis qui hurlaient leur effroi de la mort certaine.

Lorsqu'après cette scène aussi rapide que l'imagination peut permettre de se la figurer, je revins à la réalité de la situation, je ressentis soudain une vive douleur au pied gauche; en même temps, j'entendis deux petits chocs contre le blindage de la carlingue du bon coucou qui nous portait.

Un pfalz, passant tout près de nous, nous avait décoché une rafale en s'enfuyant comme ses camarades.

Les avions de bombardement boches et leur escorte venaient d'opérer un de ces demi-tours stratégiques dont nos ennemis semblent avoir le monopole et ils « en mettaient un coup » sérieux pour regagner leur repaire.

Du moins ceux qui purent se sauver.

Notre chef n'ayant pas cru devoir nous ordonner de poursuivre l'ennemi, nous tînmes l'air pendant une heure encore, à très haute altitude afin de nous prémunir contre un retour éventuel du groupe boche.

Au bout de ce temps, le capitaine Bravard donna le signal du retour.

Je souffrais beaucoup.

— Saperlotte! la douleur que je ressens au pied va-t-elle m'obliger à m'évanouir comme une femmelette?

A peine cette crainte eut-elle traversé mon esprit, que je me raidis pour réagir.

« Il n'y a pas à se laisser aller, mon vieux! » me dis-je.

Mes mains se crispèrent davantage sur les commandes. Non sans un effort extrêmement douloureux, je parvins à allonger ma jambe gauche, de façon à la mettre, pour ainsi dire, hors chantier. Mon pied pesait lourd, bien lourd, aussi lourd qu'un boulet, et je sentais des tiraillements, des déchirements atroces de tous mes muscles dans le mollet, dans le genou, jusque dans le haut de la cuisse.

Tout en consacrant ce qui me restait de force et de volonté à maintenir mon appareil en direction, je baissais les yeux d'instant en instant.

Malgré moi, en vérité, mes regards se trouvaient appelés, attirés vers cette partie de moi-même sur laquelle se concentrait un intérêt que j'eusse dû appliquer ailleurs.

Et mes yeux soudain virent, à travers le cuir de mes hautes bottes fourrées, couler un liquide rougeâtre. Du sang!

Mon sang coulait pour la France, pour ma Patrie chère. J'étais à l'honneur, à la gloire secrète, intime et profonde du sacrifice pour le plus bel idéal qui soit au monde! C'est cette pensée qui me sauva, je crois. C'est cet orgueil délicieux qui me permit de résister à la souffrance, de ne pas m'évanouir sous l'action de la douleur, de « ne plus vouloir reconnaître » les craquements, les déchirements que mes muscles rompus et mes os brisés par la balle du mitrailleur boche faisaient entendre et subir à ma chair saignante.

Notre rentrée au terrain s'effectua sans autre incident notoire.

L'escadrille Bravard inscrivait à son tableau quatre avions ennemis pour cette seule sortie, dont trois appareils de bombardement et un biplace de chasse.

Dans les trois appareils de bombardement était compté le Gotha descendu par mes soins, à la suite d'un looping opportun et grâce à l'habileté de mon mitrailleur.

Hélas ! un des nôtres ne devait pas revenir.

Deux heures plus tard, l'adjudant Ratier, « le guignard » de l'escadrille n'avait pas rejoint, et le lieutenant de Mazoges affirmait l'avoir vu tomber en flammes.

La joie de ma victoire se trouvait endeuillée de cette mort du camarade; et je ne fus pas heureux autant que je m'étais promis de l'être, après avoir descendu mon premier Boche! Ma blessure ne compta plus pour moi, lorsque je connus la fin lamentable de notre brave camarade. C'est à lui que je pensais, uniquement à lui, tandis qu'une ambulance américaine m'emmenait, à quarante à l'heure, en arrière, bien en arrière des lignes et bien loin du terrain de mon escadrille.

Le major Viviard n'avait-il pas déclaré, après m'avoir soigné, pansé, aseptisé de son mieux, que son collègue le grand chirurgien Lefl, affecté à l'Hôpital auxiliaire 33, pourrait seul réparer « un pied dans un tel état » !

Et le médecin-major de 1re classe Lefl me répara en effet de son mieux.

Mais les dégâts étaient tels, que la réparation fut longue, délicate, difficultueuse. Le réparé n'a jamais valu le neuf. Après trois mois d'hôpital, je marchais avec une béquille. Quatre autres mois sont passés; je marche difficilement, avec une canne, et je boiterai toute ma vie.

Mais, qu'est-ce que cela fait? N'ai-je pas descendu mon Boche? Est-ce que je regrette quelque chose, puisque l'on m'a fait l'honneur de me laisser affecté à l'aviation et puisque la semaine prochaine, une fois ma « convalo » terminée, je rejoindrai mon escadrille !...

*
* *

Ici s'arrête le carnet de mon pauvre Ferrand. Je l'ai reproduit tel qu'il l'avait écrit, sans y changer une virgule.

Depuis son premier Boche, Ferrand en comptait trois autres régulièrement homologués, quand il trouva la mort à son tour.

FIN

Imp. d'Éditions, 9, rue Edouard-Jacques, Paris.

www.ingramcontent.com/pod-product-compliance
Ingram Content Group UK Ltd.
Pitfield, Milton Keynes, MK11 3LW, UK
UKHW020111100726
13658UKWH00005B/2103

9 782019 931940